LA HISTORIA DE
PING

POR

MARJORIE FLACK

Y

KURT WIESE

VIKING   Published by the Penguin Group
Penguin Books USA Inc., 375 Hudson Street, New York, New York 10014, U.S.A.
First published in the United States of America by The Viking Press, 1933
This Spanish translation published by Viking, a division of Penguin Books USA Inc.,1996
Copright 1933 by Marjorie Flack and Kurt Wiese, renewed © 1961 by Helma Barnum and Kurt Wiese.
Spanish translation copyright © Penguin Books USA Inc., 1996   All rights reserved
The Library of Congress has cataloged the English edition under catalog card number 33-29356.
Spanish translation ISBN 0-670-86958-9   Printed in Hong Kong   10 9 8 7 6 5 4

Había una vez un lindo patito llamado Ping.
Ping vivía con su mamá y su papá y dos hermanas y tres hermanos y once tías y siete tíos y cuarenta y dos primos y primas.

Todos vivían en el río Yangtse, en un barco que tenía dos grandes ojos sabios.

Por las mañanas, a la salida del sol por el este, Ping
y su mamá y su papá y sus hermanas y hermanos y sus
tías y tíos y sus cuarenta y dos primos y primas bajaban
en fila por un puentecito hasta la orilla del río Yangtse.

Pasaban todo el día buscando babositas y pececitos
y otras delicias para comer. Pero al atardecer,

3

al ponerse el sol por el oeste, el Capitán del barco los llamaba cantando —¡La-la-la-la-lei!

Entonces Ping y toda su parentela se apresuraban a subir en fila rápidamente por el puentecito hasta el barco de los ojos sabios, que era su casa en el río Yangtse.

Ping siempre se cuidaba muy mucho, muchísimo, de no ser el último, porque el último patito en cruzar el puente siempre recibía un zurrazo en la espalda.

Pero un día, cuando las sombras de la tarde ya se alargaban, Ping no oyó la llamada porque estaba con la cabeza bajo el agua, tratando de pescar un pececito.

6

Cuando Ping sacó la cabeza del agua, su mamá y su papá y sus tías estaban allá arriba, marchando en fila por el puente. Cuando Ping se acercó a la orilla, sus tíos y primos y primas ya estaban cruzando, y cuando llegó a la orilla, ¡el último de sus cuarenta y dos primas y primos ya había cruzado el puente!

Ping sabía que no le iba a quedar más remedio que ser el último si cruzaba el puente ahora, pero Ping

no quería recibir el zurrazo. Así que decidió esconderse.

Ping se escondió entre las matas y, al oscurecer, cuando la pálida luna se asomó en los cielos, Ping vio cómo el barco de los ojos sabios se alejaba lentamente río abajo por el Yangtse.

Ping durmió toda la noche junto a las matas a la
orilla del río, con la cabecita metida bajo el ala.
Cuando el sol salió por el este, Ping se dió cuenta de

que estaba solo en el río Yangtse.

No había papá o mamá, ni hermanas o hermanos, ni tías o tíos, ni ninguno de los cuarenta y dos primos y primas con quienes ir a pescar, así es que Ping decidió ir a buscarlos y se dispuso a nadar río abajo por las amarillas aguas del río Yangtse.

Cuando el sol estaba más alto en el cielo, empezaron a venir los barcos. Barcos grandes y chiquitos, botes de pescadores y de mendigos, casas flotantes y balsas. Y todos los barcos tenían ojos con que mirar, pero por ninguna parte podía Ping encontrar el barco de los grandes ojos sabios que era su casa.

Entonces se acercó un bote de pájaros pescadores, extraños y oscuros. Ping los vió zambullirse y atrapar peces para su Capitán. Cuando los pájaros le traían peces, el Capitán los premiaba con pedacitos de pescado.

Los pájaros pescadores se zambullían en picada cada

vez más cerca. Ping podía ver ahora los relucientes aros
de metal que tenían en el cuello, unos aros tan estre-
chos que de ninguna manera los pájaros podían tragar
los peces grandotes que pescaban.

Chapoteando por aquí y por allá, los pájaros con
aros se zambullían en el agua alrededor de Ping, por

lo que éste se zambulló también y nadó bajo las amarillas aguas del río Yangtse.

Cuando Ping volvió a la superficie, bien lejos de

los pájaros pescadores, encontró flotando en el agua
unas migajitas muy tiernas de tortas de arroz que lo lle-
varon hacia una de las casas flotantes.

Según Ping iba comiendo las migajas, se acercaba
más y más a la casa flotante. De repente…

¡PLAF!

¡En el agua había un niño!   Un niño pequeño con un barrilito atado a la espalda, y atado también al barco con una soga de la misma manera en que están atados a sus barcos todos los niños de los barcos del río Yangtse. El niño tenía una torta de arroz en la mano.

16

—¡Aaaaaay! —gritó el niño, y entonces Ping, sin
pérdida de tiempo, le arrebató la torta de arroz.

Rápido, el niño agarró a Ping fuertemente.
—¡Cuac-cuac-cuac-cuac! —gritaba Ping.
—¡Oh!… ¡Ooh-ooo! —gritaba el niño.

Ping y el niño armaron tal chapoteo y tal alboroto
que el papá del niño vino corriendo y la mamá del niño
vino corriendo y la hermana y el hermano del niño
vinieron también a toda carrera, y se asomaron por la
borda del bote y vieron a Ping y al niño chapoteando
en las aguas del río Yangtse.

Entonces el papá y la mamá del niño tiraron de la soga
amarrada al barrilito que el niñito tenía a la espalda.

Halaron y halaron hasta que subieron a Ping y

al niño a bordo de la casa flotante.

    —Ajá, ¡nos ha caído un pato para la cena! —dijo el papá del niño.

—Esta noche lo voy a cocer con arroz —dijo la mamá del niño.

—¡NO, NO! Mi patito lindo es demasiado hermoso para que se lo coman —gritó el niño.

Pero en eso cayó

una gran cesta sobre Ping y no podía ver ni al niño, ni el bote, ni el cielo, ni las aguas amarillas y bellas del río Yangtse.

En todo el día Ping tan sólo pudo ver los finos rayos de sol que se colaban entre las rendijas de la cesta, y Ping se sintió muy triste.

Después de un largo rato, Ping oyó el chapaleo de
los remos y sintió una y otra vez las sacudidas del bote
navegando río abajo por el Yangtse.

Pronto los rayos de sol que se colaban por las rendijas de la cesta se tornaron color de rosa, y Ping se dio
cuenta de que el sol se estaba poniendo en el oeste.
Ping sintió pasos que se acercaban.

Alguien alzó la cesta de pronto, y Ping sintió que las manos del niñito lo sostenían.

Rápidamente, sin hacer ruido, el niño soltó a Ping
por la borda del bote, y Ping se deslizó hasta las aguas
amarillas y bellas del río Yangtse.

Entonces Ping oyó la llamada: —¡La-la-la-la-lei!

Ping miró y, allí, cerca de la orilla del río, estaba el barco de los grandes ojos sabios que era su hogar, y Ping vió a su mamá y a su papá y a sus tías, todos subiendo, uno a uno, por el puentecito.

Inmediatamente Ping dio la vuelta y nadó hacia la orilla. Ahora Ping podía ver a sus tíos marchando por el puente, uno a uno.

Dale que dale, Ping nadó presto en dirección a la orilla. Entonces Ping vio a sus primos y primas marchando, uno a uno.

Dale que dale, Ping se acercó a la orilla, pero....

Al llegar Ping a la orilla, el último de sus cuarenta y dos primos y primas pasó por el puente y Ping se dió cuenta de que, otra vez, ¡iba a llegar TARDE!

Así y todo, hacia arriba marchó Ping por el puentecito,
cuando ¡ZAS!,

¡cayó el zurrazo en la espalda de Ping!

Y así Ping volvió a reunirse finalmente con su mamá y su papá y sus dos hermanas y tres hermanos y once tías y siete tíos y cuarenta y dos primos y primas. Estaba en casa de nuevo, en el barco de los grandes ojos sabios, en el río Yangtse.

32